Oliver Uschmann und Sylvia Witt

Es kommt

Als Duo haben *Oliver Uschmann* und *Sylvia Witt* schon viele Jugendromane, Erwachsenenromane und Sachbücher veröffentlicht. Nach „Meer geht nicht" ist „Es kommt" das zweite super lesbare Buch von Uschmann und Witt. Die beiden leben gemeinsam mit zwei Katern auf einem Dorf im Münsterland.

Oliver Uschmann/Sylvia Witt

ES
KOMMT

GULLIVER

1

Der Kiesel am Fenster weckt Hector zuerst. Eben hat er noch geschnarcht. Nun quietscht er. Die Krallen an seinen Pfoten kratzen auf dem Holz. Er springt auf. Die Fußballen bumpern zum Fenster. Schnell bildet sein Atem einen feuchten Nebel auf dem Glas.

Ich stehe auf.

Unten im Garten glüht der große Busch. Zwischen den Zweigen und Blättern drückt sich das Licht heraus. Wie glühender, zähflüssiger Honig. Ein Erwachsener würde das kaum bemerken. Mal abgesehen davon, dass zu dieser späten Stunde sowieso alle schlafen. Wie der Zeit-Kreis es vorschreibt.

Lina. Sie hat den Kiesel geworfen und ist sofort in unseren Busch gekrochen.

Hector fiept. Ich schiebe die Hand unter seine

Ohren. Sie fühlen sich zart an und knorpelig. Beides zugleich. „Jetzt willst du auch raus, was?"

Große Hundeaugen. Die weiche Zunge auf meiner Wange. Das heißt wohl: „Ja!"

Ich seufze, ziehe mir was an und schleiche die Treppe hinab. „Krallen rein", flüstere ich. Natürlich kann Hector sie nicht einziehen wie eine Katze. Doch er schafft es, mal klackernd und mal lautlos zu laufen. Jetzt entscheidet er sich für lautlos. Sicher nicht, weil ich es gesagt habe. Eher, weil ich es vormache.

Hinter der Tür meines Vaters poltert sein Schnarchen. Manchmal setzt für ein paar Sekunden der Atem aus. Geht er weiter, klingt es, als hole er die verpasste Luft nach. Wie, wenn man einen Eimer in einem Schwall auskippt. An der Garderobe mit den gusseisernen Haken hängt das Denker-Gewand.

Draußen steht der Mond am Himmel. Vor ein paar Tagen war er noch voll. Jetzt läuft er silbrig aus. Die Nachtluft umhüllt uns wie eine sanfte Decke. Hector zieht sie in seine Hundenase, die Augen genussvoll geschlossen. Gegenüber qualmt noch der Schornstein am Haus von Linas Eltern. Es ist still. Nur ganz sachte fächert der Wind durch die Baumkronen. Blatt für Blatt. Der große Busch steht genau auf der Grenze zwischen den Gärten.

Als wir Kinder waren, haben wir ihn das erste Mal von innen ausgehöhlt. Seitdem schneiden wir regelmäßig nach. Der Zugang ist kaum zu erkennen. Ist man einmal reingekrochen, fühlt es sich an wie ein kleines Gewölbe.

Drinnen hockt Lina vor ihrer kleinen Öl-Lampe. Neben ihr steht ein Korb. Ein Zweig sticht in mein Ohr, als ich rein krieche. „Wir sind keine Kinder mehr", schimpfe ich. „Außerdem ist es gegen den Zeit-Kreis." Hector schlüpft hinter mir hinein. Lina knetet ihm die Ohren.

„Ja, ja, alles zu seiner Zeit. Man sieht ja, wie der Sohn des Denkers sich daran hält." Sie lacht.

Ich möchte sauer sein, aber ihre Finger lenken mich ab. Niemand knetet Hundeohren wie Lina.

Ihre Hand löst sich von Hector und greift in den Korb. „Essen darf man ja auch nicht in der Nacht."

Sie beißt in ein Stück Brot mit knackiger Kruste. Mit der anderen Hand reicht sie mir ebenfalls eins.

Ich schnüffele daran. Es riecht großartig. Würzig und süß zugleich. „Da sind Kräuter drin verbacken. Außerdem Salz und Zucker. Hat mein Vater sich ausgedacht. Wird so knusprig, weil er es sehr lange im Ofen lässt."

Ich zögere. Wie sie da sitzt. Sie kaut einfach. Hellwach. Mitten in der Nacht. Als gäbe es keine Regeln.

„Der Zeit-Kreis schafft Kraft", sage ich. „Er ist wie ein Rad. Wenn es nicht rund läuft, holpert es. Die Achse bricht. Die Kutsche kippt um. Und wir sitzen alle in derselben Kutsche."

Lina sieht mich an. Hier drinnen flackert das Licht grün vom Blätterdach in ihrem Gesicht. In ihrem Mundwinkel klebt ein Krümel. „Du glaubst ernsthaft, wenn du jetzt in dieses Brot beißt, geht unsere Gemeinschaft unter?"

„Der Zeit-Kreis stammt aus der Natur. Da hat

auch alles seine Ordnung. Der Mond steht jetzt am Himmel und nicht morgen Mittag."

„Der Mond muss nie was essen."

Ich beiße in das Brot, bevor ich es mir anders überlege. Lina kichert. Offenbar mache ich ein lustiges Gesicht. Mein Mund ist so voll, dass ich kaum sprechen kann. „Mfaff?"

„Du guckst, als würdest du Freiheit essen."

Ich kaue zu Ende und schlucke. „Wir sind frei."

„Ja? Tatsächlich? Du wirst Denker wie dein Vater. Ich gehe in die Mühle wie meine Mutter. Falk haut später auf den Amboss. Bechir ..." Ja. Bei unserem Freund aus der Ferne weiß sie nicht weiter.

Ich sage: „Bechir schnitzt sich einen ab."

Lina kichert. In meinem Rachen wirken die Gewürze nach. Als könnte man Tee essen. Richtig leckeren Tee. „Wieso backt dein Vater Brot?"

„Er lenkt sich damit ab. Sie streiten viel."

„Deine Eltern? Wieso?"

„Mama hat genug zu tun in der Mühle. Aber
Papa? Der vermisst es sogar, zu kämpfen. Mal
dazwischengehen zu müssen, weil zwei Männer im
Wirtshaus sich prügeln. Seit Jahren muss er nur
noch darauf achten, dass die Leute die UHU-Regeln
einhalten."

„Ist doch toll, wie die funktionieren. In den
Dörfern hinter den nördlichen Wäldern schlitzen sie
sich nachts gegenseitig die Kehlen auf. Und im Osten
jenseits des Berges veranstalten sie Schaukämpfe
auf dem Dorfplatz. Guck, was wir stattdessen jeden
Morgen auf dem Dorfplatz machen."

„Das weißt du doch alles gar nicht."

„Aber du weißt, dass es nicht so ist, oder was?"

Ein Niesen unterbricht uns. Feucht und laut. Wir
schauen neben uns in den Busch. An den Rand
der Höhle. Ein Igel schnüffelt auf dem Boden nach
Insekten. „Das ist so süß, wie die niesen." Lina will
nach ihm greifen, lässt es aber.

Hector hebt den Kopf. Jetzt kraule ich ihn, damit er nicht auf dumme Gedanken kommt und nach dem Igel schnappt.

„Sieht man den eigentlich jemals außerhalb des Busches?"

„Nein", sage ich, „der hat sich hier eingeigelt."

Sie lacht. In ihrer Wange entstehen Grübchen. Der Schwung von der Nasenwurzel zu den Augenbrauen wirkt wie gemalt. Ich habe das Bedürfnis, was Schlaues zu sagen. Etwas, das sie beeindruckt. „Stell dir vor, der Igel denkt, diese Höhle sei die ganze Welt."

„Wie?" Sie greift wieder in den Korb.

„Na, wenn er nie rausgeht? Dann hat er keine Ahnung, dass es da viel mehr Wiese gibt. Unsere Häuser. Das Dorf. Die Felder. Die Wälder. Und dahinter noch mehr Welt."

Lina schaut auf das stachelige Tier. Jetzt schnauft er. Als wäre er lieber im Bett, als nach Futter zu suchen. Hector steht auf. Lina zieht ein Stück Fleisch aus dem Korb. „Hector, hier. Dir habe ich auch was mitgebracht."

Mein Hund schnüffelt freudig, doch dann fiept er. Er legt sich flach auf den Boden. Der Igel faucht. Kein Niesen. Kein Schnaufen. Er faucht. „Was haben die denn jetzt?"

„Hector?" Ich beuge mich runter und sehe ihm in die Augen. Glasig. Ängstlich. Er jault. „Nicht jaulen. Nicht! Papa wird sonst wach!" Doch er ist kaum zu beruhigen. „Lina, ich muss rein." Sie nickt. Jetzt erkennt auch sie den Ernst der Lage. Man sollte sich nicht nachts treffen. Der Zeit-Kreis hat einen Sinn.

Ich krieche aus dem Busch und schnappe mir Hector. Lina steckt noch im Busch. Sie sieht mich an, ihr Gesicht von kleinen Blättern umrandet. „Wir sehen uns morgen früh auf dem Dorfplatz."

Ich würde gern UHU mit ihr machen, aber sie mag es nicht. Obwohl ihr Vater als unser Ordnungshüter darauf achten muss, dass alle es tun. Ab dem nächsten Jahr muss sie. Dann sind wir alt genug. Hector jault erneut. Ich laufe schnell mit ihm ins Haus.

2

„Wie kannst du noch im Bett liegen?"

Ich schrecke auf. Mein Vater steht in der Zimmertür. Er knotet sein Denker-Gewand zu. Der Stoff fließt schwer und tiefblau über seinen kleinen, hageren Körper. Als hätte der Abendhimmel ein Loch, durch das mein Vater seinen Kopf stecken kann. Auf die Brust sind die Symbole für den Zeit-Kreis gestickt. Die Sonne. Der Mond. Ein Baum im Wandel der vier Jahreszeiten.

Mein Vater klatscht. „Auf jetzt!" Sein Blick fällt auf Hector. Er liegt flach auf den Dielen und atmet schwer. Seine Ohren bewegen sich. „Was hat er?"

„Ich weiß nicht. Es wirkt, als würde er was hören. Die ganze Zeit." Ich steige aus dem Bett. Draußen auf dem Rasen liegen große Krümel des knusprigen Brots. Direkt vor unserem Eingang zur Höhle.

„In 10 Minuten beginnt der Morgengruß, Darius! Es ist sowieso schon schlimm, dass du noch nicht fertig bist. Aber du bist der Sohn des Denkers!"

„Ja, Papa." Ich stehe auf. Bevor ich mir was anziehe, hocke ich noch einen Moment bei Hector und mache mir Sorgen.

Wenige Minuten später erreichen wir den Dorfplatz. Altes Kopfstein-Pflaster. Die Häuser drum herum wirken, als wären sie nicht gebaut, sondern gewachsen.

Alle sind da, wie jeden Morgen. Die Belegschaft der Mühle und der Schmied Fabrizius. Der Tischler Gideon und seine Gesellen. Unsere Lehrerin Callida, die gerade in den Himmel schaut. Die Bäckerin und die Bauern, die schon vor dem Morgengruß ihre ersten Arbeitsstunden hinter sich haben. Ihr Leben sortiert sich etwas anders in den Zeit-Kreis ein. Die meisten anderen Leute gehen ihrer Fügung erst nach, wenn mein Vater gleich seine Rolle erfüllt hat.

Jedes Dorf hat den einen Mann im Gewand, der für alle denkt. Hinter dem Wald im Westen ist es angeblich sogar eine Frau.

Ich halte Ausschau nach Lina. Auf dem Rand des Brunnens sitzt Bechir. Er lässt die Beine baumeln und schnitzt. Alles, was unter sein Messer gerät, wird früher oder später zur Kugel.

Seine Eltern begrüßen bereits einige der Anwesenden. Sie haben Bechir bei sich aufgenommen, als er vor drei Jahren aus dem fernen Süden kam. Und sie gaben dafür ihren Sohn, der in den Süden ging. Diesen Sommer steht wieder ein Austausch an. 12 Kinder von hier gegen 12 Kinder von dort. Viele Tränen, aber auch viel Stolz. Obwohl ich bis heute nicht richtig begreife, wieso das passiert. Es ist aber wichtig. So wichtig wie der Zeit-Kreis und der Zusammenhalt.

„Guten Morgen, Darius."

Ich suche nach der Stimme, die mich grüßt. Sie kommt von ganz oben. Thorin. Linas Vater. Groß wie ein Baum. Kopf wie ein Fass. Sein breiter Unterkiefer stößt nach vorn, als würde jemand an seinem Vollbart ziehen. Fast sage ich: „Ihr Brot hat köstlich geschmeckt letzte Nacht!" Doch ich kann mich noch bremsen. Lina steht neben ihm und verzieht das Gesicht.

Er schaut durch die Menge. Schnell findet er zwei Männer, die er ermahnen muss. „Gerd! Gunnar!" Er geht zu den beiden hinüber. Sie stehen mehr als 1 Meter auseinander. Linas Vater breitet seine Arme aus. Seine Hände sind so groß wie die Schaufeln des Mühlrads. Er legt sie auf die Rücken der Männer. Langsam schiebt er sie aufeinander zu. Sie murren. Linas Vater brummt: „Ihr kennt die UHU-Regeln."

Gerd und Gunnar seufzen und führen das Gebot aus.

U = Umarmen. Sie drücken sich und klopfen je 3-mal beidhändig auf den Rücken. Pock. Pock. Pock. Sie lösen sich wieder.

H: Hauchen. Sie legen die Stirnen aneinander, schauen sich in die Augen und öffnen beide weit den Mund. Gerd fängt an. Kraftvoll stößt er Luft aus seinem Rachen in Gunnars Gesicht. Gerd haucht zurück. Gunnar schließt die Augen. Linas Vater räuspert sich.

U = Unterhalten. „Du Ferkel", schimpft Gerd mit Gunnar. „Was ist das? Alter Fisch gemischt mit toten Fliegen?"

Linas Vater ermahnt ihn: „Unterhalten heißt miteinander reden. Nicht, sich zu beschimpfen."

„Ja, sicher. Aber das geht schon einen Hauch besser."

„Gerd, du weißt doch: Der Atem spricht. Also verrät Gunnar dir gerade, dass es ihm nicht gut geht. Und wie lautet da die Lösung? Sich unterhalten."

„Dem geht's gut! Der lässt nur immer den Fisch zu lange liegen."

Lina beobachtet die Szene neben mir. Sie schüttelt den Kopf. Sie ist die Tochter unseres wichtigsten Ordnungshüters. Aber das Nähe-Gebot ist ihr zu viel. Sie sagt immer, sie bräuchte mehr Abstand.

Ich verstehe das nicht. Bindung ist doch was Tolles. Auch wenn wir erst ab nächstem Jahr diese Pflicht haben, mache ich UHU oft freiwillig. Ich habe schon viele interessante Rachen gerochen. Erdbeere mit Pfeffer. Geräuchertes Fleisch mit Zitrone. Gut, manchmal ist es wirklich nicht schön. Das gebe ich ja zu. Mein Vater selber riecht aus dem Hals wie altes Holz, wenn der Pilz es befallen hat. Gut, das würde ich jetzt wiederum nicht zugeben. Immerhin ist er derjenige, der für uns alle hier denkt. Er ist der Geist. Wir sind das Werkzeug. Ein jeder ist für seinen Zweck geschaffen.

„Liebe Gemeinde!" Mein Vater hat das Podest betreten, das auf dem Platz bereitsteht. Er hebt die Arme. Die Ärmel seines Gewandes sind so weit, dass ein Tier hineinkriechen könnte.

Lina flüstert: „Sag mal, wo sind denn die ganzen Katzen?"

„Die Katzen?"

„Ja. Der Dorfplatz ist doch sonst voll davon. Auf den Dächern. Hier unten vor dem Podest. An den Mauern. Zwischen den Beinen der Leute. Aber heute sehe ich keine einzige."

Sie hat recht. Das ist seltsam.

Lina sagt: „Mäuse auch nicht."

Ich mache „Psst!".

Mein Vater sagt: „Ein neuer Tag im Kreis der Zeit! Lasst ihn uns begrüßen! Lasst uns einander begrüßen!"

Die Menschen beginnen, sich gegenseitig zu drücken und anzuhauchen. Eigentlich müsste jeder mit jedem einmal Luft getauscht haben. Sich umarmt und auf den Rücken geklopft haben. Aber das würde zu lange dauern. Deshalb wartet mein Vater meistens nur ein paar Minuten. Ihn selber drückt und haucht auf dem Podest derweil keiner. Das tut mir manchmal leid. Neben mir haucht Gunnar gerade den Vater von Bechir an. Sein Atem riecht bis zu mir. Ich kneife die Augen zusammen. Mein lieber Mann. Der alte Fisch hat wirklich lange gelegen.

Mein Vater hebt die Arme für den dreifachen Ruf der Gemeinschaft. Er gibt ihn vor und alle stimmen mit ein.

„Alles zu seiner Zeit!" – „ALLES ZU SEINER ZEIT!"

„Jeder in seiner Fügung!" – „JEDER IN SEINER FÜGUNG!"

„Und wir alle zusammen!" – „UND WIR ALLE ZUSAMMEN!"

Mein Vater schraubt seine Stimme auf volle Lautstärke: „Bleibt nah!" – „WIR BLEIBEN NAH!"

Die Menschen verteilen sich. Zur Mühle. Auf die Felder. In die Schmiede, die Tischlerei, ihre kleinen Geschäfte. Wir schlendern zu den großen Gemüsefeldern am Südrand des Dorfes.

„Ist schon lustig jeden Morgen", sagt Lina. „Dein Vater sagt ‚Bleibt nah!' und die Leute gehen auseinander."

„Sei nicht immer so ..."

„Wie bin ich denn? Zu frech, zu fern?"

„Ach, Lina ..." Manchmal finde ich sie anstrengend. Meine älteste Freundin. Aber ich mag es eben auch, wenn sie lacht. Egal über was. Ihre Sommersprossen lachen dann mit, wie tausend kichernde Gesichter. Neben uns ist Bechir aufgetaucht. Wortlos schleicht er den Weg entlang und schnitzt dabei. Die Hälfte des Holzscheits ist bereits eine glatte Kugel.

3

„Bechir?" Callida steht auf und geht zu unserem stillen Freund.

Statt mit uns Kartoffeln zu pflanzen, steht er am Rand des Feldes. Er sieht hinüber zum Wald. Vor uns im Boden stecken die Knollen. Rund vier Hände breit auseinander. Die Triebe zeigen nach oben.

Im Osten erstrecken sich die Obstbaum-Wiesen. Hinter ihnen ragt der Berg in die Höhe. Er hat einen seltsam flachen Gipfel. Wie ein gigantischer Baumstumpf, mit winzigen Bäumen drauf. Im Norden ziehen die Bauern den Pflug über die Weizenfelder. An jedem Horizont liegt der dunkle Wald. Still und lauernd.

„Na?", bellt Falk in Richtung von Bechir. Als Sohn des Schmieds hält er sich für einen ganz heißen Hammer. „Sehnt sich da wieder jemand nach der

Heimat? Oder hast du Angst vor den Wölfen und dem Ribaru?"

Callida zeigt auf die Pflanzreihen. „Macht eure Kartoffeln und lasst ihn in Ruhe. Außerdem gibt es keine Ribaru."

„Nein, Frau Callida? Sind Sie sich da ganz sicher?"

Bechir schnitzt und schweigt. Er spricht grundsätzlich sehr wenig. Nicht, weil er unsere Sprache nicht gelernt hätte. Oh nein, das hat er. Es liegt daran, wie man in seiner Heimat redet. Jeder Gedanke muss dort drei Prüfungen bestehen, bevor man ihn ausspricht. Ist er wahr? Ist er wichtig? Ist er schön? Da bleiben nicht viele Gedanken übrig.

Callida berührt ihn an der Schulter: „Wenn du erwachsen bist, besuchst du deine Heimat. Mit deiner Frau und deinen Kindern." Das betont sie gerne. Auch bei den anderen Jungs und Mädchen, die aus der Ferne gekommen sind.

Bechir bewegt sachte den Mundwinkel. Als ob er wortlos sagt: „Wissen Sie denn, ob ich überhaupt Frau und Kinder möchte?"

Lina schaufelt Erde über ihre Knollen. Dabei schaut sie zu Falk und seinen Freunden. „Ribaru." Sie schüttelt den Kopf. „Da fangen die wieder an mit diesem Unsinn."

Ich beiße mir auf die Zunge.

Lina spürt das. „Na, sag schon."

„Nein, nix." Ich knete eine Kartoffel.

Sie nimmt mir die Knolle ab, steckt sie in den Boden und deckt sie zu.

„Also gut." Ich klatsche meine Hände auf die Oberschenkel. „Mein Vater hat alte Bücher mit Zeichnungen des Ribaru. Ja, sie sind alle verschieden, diese Bilder. Vielleicht sind sie erfunden. Vielleicht haben unsere Urahnen diese Wesen aber auch gesehen."

„Diese Wesen? Lebendiger Waldboden, der jahrhundertelang schläft und sich dann erhebt? Mit rundem Rücken voller Wurzeln und mit was? Glühenden Augen? Scharfen Zähnen wie ein Riesenwolf?"

Ich zeige hinüber zum Wald. „Weißt du denn, was da drin ist? In der Tiefe? Zwischen den Bäumen?"

„Jedenfalls kein Monster aus Waldboden."

„Die Vögel sind stumm." Bechir hat sich umgedreht und gesprochen. Das ist auch so was mit seiner Tradition. Wenn er mal redet, hören alle sofort hin.

„Was meinst du?" Callida legt ihm die Hand auf die Schulter.
Bechir sagt: „Sie singen nicht mehr."

Wir horchen. Callida legt die Hand vor den Mund. Ihre Augen weiten sich. Sogar Lina wird blass.
Bechir hat recht. Kein scharfes Schirpen der Drossel. Kein fröhliches Flöten der Amsel. Nicht ein Ton mehr aus kleinen Kehlen.

Callida geht auf und ab.

„Was ist das?", fragt Lina.

Unsere Lehrerin kratzt sich am Hinterkopf. „Die Ernte wird immer schwächer. Das Wetter. Und jetzt das? Irgendwas stimmt hier nicht."

„Was ist mit dem Wetter?", frage ich.

„Es ist seltsam geworden."

„Nein, es folgt dem Zeit-Kreis. Wie immer."

Callida schüttelt den Kopf. „Es sind nur Feinheiten. Aber ich spüre sie."

Bechir greift sich ans Ohr. Er lässt sein Messer und sein Holzstück fallen. Kurz darauf zuckt Lina zusammen. Sogar Falk und die anderen Schüler. Zuletzt ich. Wie es sich anfühlt, als es meine Ohren erreicht ... das kann ich kaum beschreiben. Dabei ist es nicht einmal laut, dieses Geräusch. Aber es kommt von überall. Von links und rechts. Von vorne und hinten. Es ist über uns, unter uns. In uns.

„Was habt ihr?"

Ob es das ist, was Hector seit gestern Nacht in den Ohren hat? Was die Katzen vom Dorfplatz vertreibt und die Vögel zum Schweigen bringt?

„Hören Sie das nicht?" Lina steht auf.

Unsere Lehrerin legt den Kopf schief. „Nein."

Bechir greift nach ihrer Hand. „Ohne Augen hören."

Sie macht, was er vorschlägt. Wenn sie die Augen gleich wieder öffnet, guckt sie bestimmt so ängstlich wie wir, denke ich. Aber ich täusche mich. Kein Schrecken zu sehen. Jedenfalls nicht wegen des Geräusches.

„Tut mir leid. Ich höre nichts."

Bechir lässt ihre Hand los und hebt sein Messer und die halb fertige Holzkugel wieder auf.

4

„Es ist dieses Mädchen. Sie setzt dir einfach zu viele schräge Gedanken in den Kopf." Mein Vater stopft frisches Holz nach. Dabei ist der Kamin schon viel zu voll. Das Feuer frisst die Scheite nur halb. Es spuckt beißenden Qualm in das Zimmer. Große Balken ziehen sich über die niedrige Decke. Die Mauern sind aus klobigem Gestein. Selbst tagsüber findet das Licht hier keinen Weg hinein.

„Dieses Mädchen, wie du sie nennst, ist die Tochter deiner rechten Hand. Sie hat hier schon gespielt, da konnten wir beide noch nicht laufen."

„Ja, da war sie noch ein gutes Kind! Aber jetzt sagt sie seltsame Dinge. Und sie ist nicht die Einzige."

„Sie sagt das doch nicht einfach so! Das Geräusch ist da, Papa! Um uns herum! Hörst du es denn nicht? Guck dir Hector an!" Unser Hund liegt apathisch unter dem Tisch. Als ob er versucht, sich an das

Brummen zu gewöhnen. Entweder schafft er's oder er wird wahnsinnig. „Die Katzen sind verschwunden. Die Vögel singen nicht mehr."

Mein Vater greift nach dem nächsten Scheit. „Du klingst wie einer, der aus dem Kreis gefallen ist. Ehrlich. Ich erkenne dich nicht wieder." Er will nachlegen.

„Papa, jetzt lass das! Ich kriege keine Luft mehr hier drin!" Auf seiner Stirn glitzern schon Schweißperlen. Der Kamin ist viel zu groß. Wie ein Haus im Haus.

„Wenn Mama früher geheizt hat, wurde es gemütlich. Du heizt so, als ob du uns verbrennen wolltest. Wie das Holz!"

Sein Kiefer klappt herunter. Das Gesicht wird lang. Die Augenwinkel ziehen sich nach unten. Ich hasse diesen Ausdruck. Sein „Rede nicht von Mutter"- Gesicht. Er hat alles verbrannt, was sie damals hier gelassen hat. Ich müsste sie dafür verfluchen, dass sie weggegangen ist. Aber manchmal verfluche ich ihn. Er wirft das Holz in die Flammen.

Es klopft. Hector hebt mühsam den Kopf. Früher wäre er sofort zur Tür gerannt. Mein Vater öffnet. Im Tür-Rahmen steht meine Lehrerin. Er hat sie damals ernannt. Wer auch sonst?

„Callida."

„Hörst du das, Jakob?"

Mir fällt ein Stein vom Herzen. Es könnte Äpfel regnen. Der Himmel könnte sich auflösen oder der Ribaru im Wald erheben – solange es nicht wenigstens ein Erwachsener bemerkt, glaubt es niemand.

Callida betritt das Haus. Mein Vater und sie machen UHU. Als mein Vater sie anhaucht, sagt sie: „Jakob, sogar dein Atem riecht nach Kaminrauch. Das ist zu viel." Sie sieht Hector unter dem Tisch, hockt sich hin und streichelt ihn. „Du Armer."

Mein Vater steht vor ihr, mit hängenden Armen.

„Tiere haben empfindlichere Sinne als Menschen", erklärt sie. „Und Frauen empfindlichere als Männer."

Mein Vater lacht bitter. Er schiebt den Schürhaken zwischen die Glut. „Ja klar, Frauen sind sehr sensibel. Na sicher."

Callida steht wieder auf. „Glaub mir. Da kommt was. Es klingt wie ... wie ..."

Ich helfe: „Wie ein Brummen tief aus der Erde. Nein, nicht aus der Erde. Aus der Luft."

Callida nickt. „Dein Sohn hat recht. Die Luft brummt."

Mein Vater reibt sich das Kinn. Es ist klein und flieht etwas nach hinten. Es würde drei Mal in den Kiefer von Linas Papa passen.

Er sieht uns drei an.
Den Sohn.
Die Frau.
Den Hund.

Dann lacht er schallend los. „Die Luft brummt!" Er hebt seinen Finger an die Schläfe und dreht die Spitze. „Bei euch brummt's in der Birne."

„Jakob!"

„Nein!" Mein Vater schlägt mit dem Schürhaken gegen die Steine des Kamins. „Ich bin der Denker! Ich sorge für den Zusammenhalt. Und was ist damit, bitte schön? Er bröckelt!"

„Der Zusammenhalt?" Callida wundert sich genauso wie ich.

Die Leute halten sich doch an alles. Meistens jedenfalls. Gut, jetzt nicht immer. Oft auch nicht.

„Mein Sohn missachtet den Zeit-Kreis. Ich finde Brotkrümel im Haus, die nur in der Nacht entstanden sein können. In der Nacht, wenn nicht gegessen wird! Die Leute hauchen sich immer halbherziger an! Ich sehe das! Das geht schleichend vonstatten, aber es passiert. Und jetzt wollt ihr sie noch zusätzlich verwirren? Sie in Unruhe versetzen, weil angeblich die Luft brummt?"

„Papa!"

„Nein! Wir reden nicht mehr davon!" Er hebt den

Haken und zeigt zur Tür. „Callida, es ist besser, wenn du jetzt gehst."

Im Kamin sprühen Funken nach einem lauten Knall.

5

Wie Hector sich in dieser Nacht an mich kuschelt –
das ist mehr als UHU. Seine Pfoten liegen in meiner
Hand. Sein Kopf drückt sich an meine Brust. Wir
können beide nicht schlafen. Ich spüre kalten
Schweiß auf meinem Kissen. Ich drehe es um. Das
alte Bettgestell quietscht.

Das Brummen ist lauter geworden. Es gibt nichts,
was so ein Geräusch verursachen könnte. Man
könnte es auch Grollen nennen. Oder ganz dunkles
Trappeln. Wenn's ein Gewitter wäre, gut. Donner.
Blitze. Regen. Brennende Heuballen. Gespaltene
Bäume. Damit kann man leben. Aber dass man nicht
weiß, was es ist, ist nicht das Unheimlichste.

Schlimm ist, dass es einfach keine Pause macht.
Dass es nicht eine Sekunde aufhört. Dass man in
jedem Augenblick hofft, gleich setzt es aus. Und dass
man doch weiß, dass es weiterbrummen wird.

Meine Zimmertür fliegt auf. Der Schein einer dicken Kerze erleuchtet das Gesicht meines Vaters. „Es brummt!"

Könnte Hector sprechen, er hätte gesagt, was ich nun sage: „Ach, wirklich?"

Mein Vater ignoriert die Bemerkung. Er hört es erst jetzt, also existiert es auch erst jetzt. Er hält die Kerze in die Höhe. Als müsste er die Zimmerdecke nach Spinnen absuchen. „Es ist leise, aber es ist überall."

„So leise ist es nicht mehr."

Er senkt die Kerze wieder. „Wenn ich es höre, hören es alle. Die meisten schlafen gerade. Sollten sie jedenfalls. Oder sie denken, sie bilden es sich nur ein. Aber morgen früh sprechen sie miteinander. Da sagt jeder dem anderen, dass er es auch hört. Dann brauche ich Antworten für die Gemeinde."

„Brauchst du nicht erst mal Antworten für dich?"

Der rostige Kerzenhalter ist breit, trotzdem läuft meinem Vater etwas Wachs auf die Finger. Er

bemerkt es nicht mal. „Thorin. Ich muss Thorin
hinzuziehen. Und Callida. Die Menschen vertrauen
ihr. Fabrizius. Und Gideon. Ja, der Schmied und der
Tischler. Unsere wichtigsten Betriebe."

Er wartet nicht ab, ob ich was dazu sagen möchte.
Kaum habe ich Luft geholt, liegt nur noch kaltes
Wachs an der Stelle, wo mein Vater eben noch stand.

6

Den Rest der Nacht haben mein Vater, Thorin,
Callida, Gideon und Fabrizius unten im Wohnzimmer
getagt. Lina und ich durften nicht dabei sein und
konnten uns auch nicht in der Höhle im Busch treffen.
Somit hören wir jetzt am Morgen auf dem Dorfplatz
genauso wie alle anderen das erste Mal, was sie
besprochen haben.

Das Brummen bemerken mittlerweile alle. Es
kriecht in die Balken der Häuser. In das Heu in den
Scheunen. In die Ritzen des Pflasters.

Von den UHU-Regeln beachten die Menschen
gerade nur das zweite U: Unterhalten. Alle reden
durcheinander. Nur selten treffen sich zwei Köpfe
und tauschen Atem aus.

Gerd und Gunnar gestikulieren wild. Bechir steht in
der Nähe und hat seine Kugel fertig. Gestern war sie
noch ein Holzscheit. Jeder andere wäre zufrieden,

doch er schabt feinfühlig weiter. Sie ist ihm noch nicht rund genug.

Als mein Vater die Hände hebt, werden alle ruhiger. Sämtliche Köpfe drehen sich zum Podest. Er ist der Denker. Er wird wissen, was zu tun ist.

„Liebe Gemeinde! Wir alle hören ... *es*. Und wir alle fragen uns, was *es* ist."

Gemurmel. Rufe. „Was ist es?"

Falk schleicht um uns herum und wackelt mit den Händen: „Es ist der Ribaru! Er erwacht!"

Callida, Thorin, Gideon und Fabrizius stehen hinter meinem Vater auf dem Podest. Der Schmied sieht aus wie eine große Version seines Sohnes.

Wahrscheinlich glaubt Falk am meisten an den Ribaru. Sonst würde er nicht so oft von ihm sprechen. Als hätte er heimlich Angst und muss deswegen immer Witze über ihn machen.

Ich stelle mir vor, wie es klänge, würde sich überall in den Wäldern tatsächlich der Boden erheben.

Schnell schüttele ich den Gedanken ab und schaue wieder zur Bühne. Bei Tischler Gideon sitzen die Augen zu hoch und der Mund zu niedrig. Nase und Wangen versuchen alles, um die Strecke zu überbrücken.

Mein Vater ruft: „Wir haben uns beraten. Darüber, was es sein kann." Die Menge raunt lauter. Fast treffen sie den Ton des Brummens. „Doch bevor wir euch das Ergebnis verkünden: Es ist dennoch ein neuer Tag im Kreis der Zeit! Lasst ihn uns begrüßen! Lasst uns einander begrüßen!"

Seine Aufforderung verpufft. Kaum jemand umarmt sich oder haucht dem anderen ins Gesicht. Alle wollen wissen, was da brummt. Was da kommt. Was zu tun ist. Mein Vater schiebt die Zunge vor seine unteren Zähne. Er stülpt die Lippe auf. „Seht ihr! Das ist es!"

Alle horchen wieder.

„Da kommt ein seltsames Geräusch und ihr vernachlässigt unsere Bräuche! Dabei ist es jetzt ganz besonders wichtig, dass wir zusammenhalten!"

Ein paar Menschen holen UHU nach. Gerd und Gunnar stoßen nur schnell seitlich die Köpfe aneinander.

Mein Vater zeigt auf Callida: „Unsere Gelehrte glaubt, es handelt sich um ein Wetter-Phänomen. Die Luft brummt, weil wir sie verschmutzen. Sie füllt sich mit zu viel Qualm."

Gunnar ruft: „Wollt ihr sagen, sie brummt, weil sie wütend ist?" Gerd lacht. Dabei klang die Frage nicht mal spöttisch. Thorin funkelt ihn vom Podest aus an.

„Ich weiß, es klingt seltsam", sagt mein Vater. „Aber ist die Natur nicht unser Vorbild? Für den Zeit-Kreis? Für die Nähe? Wenn wir ihren Gang durcheinander bringen, könnte sie sich rächen. Deshalb lautet das erste Gebot für heute: Stoppt eure Kamine! Es wird nur noch dort gefeuert, wo es unbedingt sein muss!"

Das Stimmengewirr hebt an. Fragen schwirren durch die Luft. Die Ersten rufen nach Ausnahmen.

Mein Vater sagt: „Es ist nur vorübergehend. Um zu testen, ob es stimmen kann!" Das Gewirr flaut ab. „Was wir aber auf jeden Fall tun müssen, ist, uns gegen eine Gefahr zu wappnen. Eine Bedrohung, die viel konkreter ist – die Feinde von jenseits der Wälder!"

Callida runzelt die Stirn. Sie will was sagen. Fabrizius hält sie zurück. Falk grinst.

Mein Vater ruft: „Wenn das Geräusch von ihnen kommt, dann nähern sie sich von allen Seiten! Deshalb werden wir noch heute damit anfangen, einen Zaun um das Dorf zu bauen. Einen hohen Zaun!"

Jetzt sprechen die Menschen wieder durcheinander. Aber anders als eben. Die Zaun-Sache versetzt sie in eine Aufregung, die sich besser anfühlt. Ich spüre es auch. Etwas gegen diese Gefahr zu unternehmen – das ist was anderes, als bloß den Kamin kalt zu lassen.

„Im Norden ist ein Menschenleben nichts wert." Jetzt hängen alle an den Lippen meines Vaters. „Dort rauben sie einander aus. Bereichern sich am Leid des anderen. Die Denker da oben lehren, dass sich jeder selbst der Nächste ist!"

Die Menge buht.

„Jakob!" Callida versucht, ihn zu unterbrechen, aber er ist in Fahrt. Ich sollte nicht so fühlen, aber irgendwie macht es mich stolz. Wie sie ihm zuhören. Jedenfalls die meisten. Eines Tages werde ich dort oben stehen.

„Im Osten fangen sie Wölfe", fährt mein Vater fort. „Sie lassen sie hungern und schicken dann Männer in das Gatter. Mit Äxten und Keulen. Damit sie gegen die Wölfe kämpfen. Sie halten das für richtig, um die Männer zu stählen. Ich halte das für pure Lust an der Grausamkeit! Können wir zulassen, dass solche Unmenschen uns überrollen?"

„Nein!", ruft der ganze Dorfplatz.

„Das war nicht abgesprochen", klagt Callida. „Davon war gestern Nacht gar nicht die Rede! Und es ergibt auch keinen Sinn!"

Mein Vater streckt sich und ruft lauter denn je: „Jeder Mann und jeder Junge wird beim Zaun-Bau helfen! Wir arbeiten in Schichten. Gideon organisiert das Holz. Thorin und Fabrizius leiten die Bau-Trupps.

Sie werden zu euch nach Hause kommen. Wir brauchen alles. Jede Axt, jede Säge, jeden Karren. Jedes Stück Holz und Eisen oder Verpflegung – wir teilen alles für die gute Sache! Für die Gemeinschaft! Für uns!"

Die Menge jubelt. Ich auch. Es fühlt sich gut an. All diese Menschen vereint für ein Ziel. Eine Aufgabe. Eine Mission.

Lina sieht mich empört an. „Teilen? Wegnehmen trifft es wohl eher."

Ich schnaufe. „Dein Vater steht auch da oben. Und denkst du echt, in diesen Zeiten ist es richtig, auf seine eigene Axt zu bestehen?"

Von einem Dach heben laut flatternd ein paar Tauben ab. Eine Wolke am Himmel hat die Form einer Hand mit gebeugten Fingern.

Mein Vater beendet diesen besonderen Morgengruß, während das Brummen um uns liegt.

„Alles zu seiner Zeit!" – „ALLES ZU SEINER ZEIT!"

„Jeder in seiner Fügung!" – „JEDER IN SEINER FÜGUNG!"

„Und wir alle zusammen!" – „UND WIR ALLE ZUSAMMEN!"

„Bleibt nah!"

„WIR BLEIBEN NAH!"

7

Ich muss ehrlich zugeben: So habe ich mir das alles nicht vorgestellt. Meine Hände sind aufgeplatzt. Meine Knochen schmerzen. Vor ein paar Tagen bin ich vormittags noch in den Unterricht gegangen. Auf dem Gemüsebeet. Auf den Feldern. In der Schmiede. Jetzt muss ich mir ständig Splitter aus der Haut ziehen. Eiter bildet sich. Ich spüre meinen Puls in den Wunden pumpen.

Das Brummen wird immer lauter. Gleichzeitig liegen nun all die anderen Geräusche über dem Dorf. Das Hämmern. Das Sägen. Das Knirschen und Knacken, wenn an den Rändern der Wälder die Bäume gefällt werden. Alles für den Zaun, der trotzdem viel zu langsam vorangeht.

Wir errichten ihn zunächst im Norden. Gegenüber dem einzigen Wald, in dem Gideons Leute keine Bäume fällen.

Dem Wald, aus dem früher die Wölfe kamen.

Dem Wald, in dem der Ribaru geweckt werden könnte, an den keiner ernsthaft glaubt.

„Es ist falsch! Seht ihr alle das denn nicht?" Callida redet auf Thorin ein, der den Bau überwacht.

Gerade eben hat er wieder Gerd und Gunnar zusammengeschoben. Sie haben kurz Pause gemacht und sind dabei zu weit auseinander gestanden. Mein Vater will, dass die UHU-Regeln jetzt umso stärker beachtet werden. Dabei fällt das Dorf langsam auseinander. Viele der Frauen sind auf Callidas Seite und einige der Bauern ebenfalls. Manche können die Felder nicht mehr bestellen, weil der Bau-Trupp ihnen noch den letzten Karren und Ochsen genommen hat. Für den Holz-Transport.

Die Eltern von Bechir pflanzen mit unserer Lehrerin junge Bäume auf der Obstwiese. Um die gefällten auszugleichen. Callida glaubt an das Gleichgewicht. Sie redet von der Harmonie der Luft. Vom Ausgleich im Äther.

Bechirs Vater hat ein krummes Bein und ist von der Arbeit am Zaun befreit. Bechir selbst muss beim

Zaun-Bau mitmachen. Er schafft es aber ständig, nur so zu tun. Sein Geheimnis ist die Bewegung. Er steht hier. Er steht da. Er fährt auf einem Karren mit, der frische Bretter transportiert. Wer nur an einer Stelle bleibt und dabei nichts tut, der fällt auf. Wer immer überall ist, wirkt voll beschäftigt.

Lina ist auf Callidas Seite, aber sie gibt es ihrem Vater gegenüber nicht zu.

Natürlich nicht. Viele geben es nicht zu. Was aber alle Menschen vereint, ist der ängstliche Blick. Auch wenn manche ihn besser verbergen. Es ist der Blick, wenn man weiß, dass sich ein Monster im Haus befindet. Irgendwo. Ein Wesen aus Schatten und Klang. Eines, was immer genau in dem Moment hinter der Tür steht, wenn du sie öffnest. Das unter dem Bett liegt, wenn du dich hinlegst. Das immer hinter dir steht und sich exakt so schnell bewegt wie du. Das so schmal ist, dass es in die Wände passt. Zwischen die Balken und Ziegel. Und gleichzeitig so groß, dass es schwer atmend auf dem Dach liegen kann. Ein Monster, von dem du eigentlich weißt: Es kann nur eingebildet sein.

Du weißt das.

Und trotzdem geht es nicht weg.

So wirkt das Geräusch. Das Brummen. Das Poltern. Das Wummern. So wirkt es auf jeden. Auf die, die Bäume fällen, und die, die Bäume pflanzen. Auf die, die sich stärker anhauchen denn jemals zuvor, und auf die, die sofort Abstand nehmen, wenn keiner guckt.

Es kommt.
Und keiner weiß, was es ist.

„Thorin, wir kennen uns, seit wir Kinder waren. Hör mir doch zu!" Callida zieht Linas Vater am Stiel der Axt. Sie baumelt an seinem Gürtel. Er schlägt ihre Hand weg. Sein Bart bewegt sich schneller, als er spricht.

„Hände weg, Frau!"

Callida lässt die Axt los.

Thorin sagt: „Du hast gesagt, der Qualm sei schuld. Und Jakob hat sich sogar darauf eingelassen. Er hat dem Volk befohlen, weniger zu heizen. Die meisten essen kalt. Selbst die Bäckerin backt nur noch die

Hälfte an Brot. Schau ins Dorf. Die meisten Kamine stehen still. Und? Hört es auf?"

„Erstens geht das nicht so schnell ..."

„Ja, sicher doch."

„Und zweitens reinigen die Bäume die Luft. Wenn ihr riesige Zäune daraus macht, zerstört ihr das Gleichgewicht auch. Da können die Kamine so still stehen, wie sie wollen!"

„Callida, wie kommst du denn auf so was?"

„Wie kommt ihr darauf, dass von allen Seiten Feinde heranrücken?"

„Ja, man hört es doch!"

„Ich höre, dass in der Ferne die Welt abbricht. Stück für Stück! Wie Erde vom Rand einer Wurzel, die man aus dem Boden gezogen hat." Ein paar der Arbeiter drehen die Köpfe. Sogar Gunnar guckt, als würden ihm Callidas Worte mehr Angst einjagen als ein Angriff der Feinde.

„Weitermachen!", schimpft Thorin. Vor Kurzem hat er noch süß-salziges Kräuterbrot gebacken. „Und ihr da hinten ..." Thorin zieht seine Axt und zeigt mit ihr auf ein paar Arbeiter beim Schicht-Wechsel. Die einen kommen, die anderen gehen. Ohne sich groß zu beachten. Thorin brüllt: „UHU!!!" Die Männer umarmen sich zornig. Fauler Atem weht. Einer hat dunkle Zähne. Bei dem anderen ragen Haare aus der Nase heraus wie Beine. Als wäre eine Spinne hineingekrochen.

Callida sagt: „Was, wenn ich recht habe? Wenn da gar keine Feinde sind hinter dem Wald? Wenn die anderen das Geräusch genauso überrascht wie uns? Dann fällen die ebenfalls mehr Bäume. Dann zerstören die das Gleichgewicht auch noch von ihrer Seite. Und alle machen alles nur schlimmer."

Am Abend schleppe ich mich nach Hause. Alles tut weh. Ich habe Muskelkater. Gut, ich bin auch ein bisschen stolz. Noch zu jung, um UHU machen zu müssen, aber schon alt genug, um mit kräftigen Männern den Zaun zu bauen. Ich darf nur nicht daran denken, wie lange es dauern wird, bis er fertig ist. Also rund um's Dorf.

Lina hat es mir vorgerechnet. Wir sehen uns nur noch beim Morgengruß. Es gibt ja keinen Unterricht mehr. Sie hilft Callida, solange ihr Vater die Arbeiter überwacht und ihre Mutter in der Mühle arbeitet. Beide wissen nichts davon. Lina und ich können uns nachts nicht mehr heimlich in der Höhle treffen. Sie würden uns erwischen, denn keiner kann mehr schlafen. Die Menschen fallen aus dem Zeit-Kreis. Weil das Brummen keine Pause macht. Und weil jeder spürt, wie es lauter wird. Immer nur ein klein wenig. Aber dafür ohne Ausweg.

Eine Holzkugel rollt mir vor die Füße. Sie purzelt aus einer schmalen Gasse heraus. Zwischen den Häusern stehen Lina und Bechir. Ich hebe das Schnitz-Werk auf und schiebe mich zu ihnen in den Schatten. „Man kann auch einfach rufen", sage ich.

„Nicht bei dem, was wir vorhaben", flüstert Lina.

„Wir?" Ich sehe die beiden an. Seit wann ist sie mit Bechir ein Wir? „Was habt ihr vor?"

Lina hebt den Blick. Ich folge ihm. Aus der Gasse. Über die Dächer. Aus dem Dorf. Hinauf zum flachen Berg.

„Ihr wollt da rauf?"

„Ja. Wir sehen jetzt nach. Die Erwachsenen machen es ja nicht."

Da ist es wieder. Dieses Lina-Gefühl. Einerseits stresst sie mich furchtbar. Andererseits spüre ich meinen Muskelkater nicht mehr. „Da ist schon lange niemand mehr rauf", sage ich. „Der Berg ist ... gruselig."

Lina hebt die Hände neben die Ohren. Sie schließt die Augen und zittert mit dem Kopf. „Gruseliger als das?"

Sie hat ja recht. In der Gasse wirkt es sogar, als würde das Brummen die Wände vibrieren lassen. Ich gebe Bechir die Holzkugel zurück und sage: „Dann los, bevor ich es mir anders überlege."

8

Wir schleichen uns aus dem Dorf. Mein Blick klebt an den Haaren hinter Linas Ohrmuschel. Irgendwas kommt und bedroht unser Dorf. Wir bauen einen Zaun. Wir schlafen nicht mehr und die Augen brennen. Aber ich beobachte süße Ohrmuscheln. Bechir tut so, als würde er es nicht bemerken. Es amüsiert ihn aber eher. Würde er Linas Ohr so ansehen, hätte ich keinen Spaß. Immerhin.

Der Bach durchschneidet das Stückchen wildes Land. Er wird zum Dorf hin breiter und treibt am West-Rand die Mühle an. Hier ist er so schmal, dass wir mit Anlauf darüber springen können. Ein paar Minuten später stehen wir vor dem Fuß des Berges, der keine Spitze hat.

„Wo ich herkomme, gibt es eine Geschichte." Bechir sieht uns an. „Über den Anfang der Welt. Bäume, die bis in den Himmel ragen. Und Riesen, die sie gefällt haben."

Ich denke an das, was er über seine Traditionen gesagt hat. Welche Fragen er sich stellt, bevor er einen Gedanken äußert. Ist er wahr? Ist er wichtig? Ist er schön? Ich brauche trotzdem eine ganze Weile, um es zu begreifen. Dann durchzieht mich ein Schauer, den selbst das Brummen noch nicht verursacht hat.

„Du meinst, deshalb hat der Berg keine Spitze? Weil es in Wahrheit ein uralter, versteinerter Baumstumpf ist?"

Lina sieht uns beide an, als hätten wir uns diesen Witz schon seit Wochen für sie ausgedacht. „Nein. Ihr meint das ernst? Wirklich?"

Ich zeige auf die Wiese. Ein paar Meter weiter ragt ein kleiner Baumstumpf aus dem Gras. Er ist schon morsch und zerfressen. „Gerade in dem Augenblick", sage ich, „stehen da unten vielleicht zwei Käfer im Gras. Sie schauen den Stumpf hinauf und der eine sagt zum anderen: Das war mal ein Baum. Und es gibt Riesen. Und der andere Käfer lacht ihn aus und krabbelt dann an uns vorbei."

Lina seufzt. „Nur, dass es neben dem Stumpf auch noch viele ganze Bäume zu sehen gibt. Echt jetzt."

Sie geht los. Macht den ersten Schritt. Den zweiten. Zieht sich an Wurzeln hinauf. Findet frischen Halt mit dem Fuß. In wenigen Augenblicken steht sie 10 Meter über uns zwischen den Bäumen. Wir atmen tief ein und folgen ihr.

Eine Stunde klettern wir. Bloß eine Stunde. Wir helfen uns gegenseitig. Wir schieben einander oder ziehen uns an den Händen. Linas Haut fühlt sich zart an und warm. Zugleich ist ihr Griff so fest, dass ich mich frage, woher sie diese Kraft hat. An keiner Stelle wird es so schwer, dass wir nicht weiterkommen.

Schließlich erreichen wir die Spitze, die keine Spitze ist. Einfach nur ein flaches Stück Wald mit ausgefransten Rändern. Wir treten aus dem Wald heraus und schauen hinab. Der Abend liegt rostrot über dem Dorf. Der Horizont ringsum ist bewaldet. Nur im Westen sieht man etwas Land dahinter, durchzogen von Bächen, wie glitzernde Adern. Bis wieder Wald kommt, dunkel und fern.

Ich kneife die Augen zusammen. „Seht ihr was? Irgendwo?"

„Nein, aber hört ihr das?" Lina schaut nach oben. „Hier oben ist es lauter als unten. Beim Klettern dachte ich noch, ich bilde mir das ein."

Bechir nickt. Ich schließe die Augen, wie er es Callida empfohlen hatte. Zügig reiße ich sie wieder auf.

„Wie kann das bloß sein?", fragt Lina.

„Der Riese schlägt aufs Firmament." Bechir sagt das einfach so, den Blick in den Himmel gerichtet.

Lina und ich sehen uns an. Wir wissen nicht, was wir entgegnen sollen. Nichts ergibt mehr Sinn. Aber ich sehe, wie selbst Lina sich jetzt unwohl fühlt. Als hätten wir hier oben wirklich nichts zu suchen.

Den Abstieg begehen wir schweigend. Wir lauschen alle darauf, ob es wirklich leiser wird, wenn es wieder nach unten geht. Doch das Wetter macht uns einen Strich durch die Rechnung. Das ganz normale Wetter. Auf halber Strecke setzt Regen ein. Regen und Sturm. Dicke Tropfen klatschen auf die Blätter. Einige kommen durch und schlagen uns ins Gesicht. Auf dem Dorfplatz stehen der Tischler Gideon

und Gunnar mitten in dieser Himmelsflut vor dem
Wirtshaus und streiten. Jeder hat ein kleines Rudel
Männer hinter sich.

„Du bist nur für den Zaun, weil deine Tischlerei
noch nie so viel zu tun hatte!"

„Und ihr glaubt Callidas Unsinn, weil ihr zu faul zum
Arbeiten seid!"

„Sag das noch mal!"

Die beiden Männer stehen ganz dicht beieinander,
Stirn an Stirn. Aber dieses Mal nicht, um sich
anzuhauchen oder weil sie sich umarmt hätten.
Das ist ein anderes Stirn-an-Stirn. Regenwasser
läuft ihnen über die Nase. Gleich gibt es die erste
Schlägerei seit Langem. So, wie Linas Vater es sich
heimlich gewünscht hat. Doch er ist nicht mal da, um
dazwischen zu gehen.

„Da ist Jakobs Sohn!", ruft einer. „Vielleicht
kann der uns ja erklären, wie es weitergehen soll."
Alle Köpfe drehen sich zu uns. Manche haben
im Wirtshaus schon einige Krüge geleert. Wir

laufen weg und bremsen erst ab, als wir zu Hause ankommen.

Drinnen knistert schon wieder der Kamin. Als ich das Haus betrete, lässt mein Vater schnell etwas in der Tasche seines Denker-Gewands verschwinden. Hector drückt seine Schnauze an meine Hand. Ich berichte davon, was ich auf dem Dorfplatz beobachtet habe. Vor allem, weil ich den Berg verschweigen will und mein Vater es immer verdächtig findet, wenn ich gar nichts erzähle. Aber vom Dorfplatz zu erzählen, hätte ich wohl auch besser gelassen.

„Das kommt alles daher, dass Callida die Leute verrückt macht."

„Papa, ihre Sache mit den Bäumen ist auch nicht seltsamer als dein Zaun."

„*Mein* Zaun? Das ist *unser* Zaun, Junge!"

Der Regen prasselt gegen die Fenster. Es heult im Dach.

„Lina hat ausgerechnet, wie lange es dauert, bis

er fertig sein kann. Wenn das wirklich Feinde sind, reicht die Zeit niemals! Außerdem kommt da keiner!"

Jetzt wird er es gleich wieder sagen. Er wird sagen, dass ich nicht auf dieses Mädchen hören soll. Er wird hässlich sein gegen sie. So, dass es wehtut, weil ich sie einfach mag. Außerdem wird er mich fragen, woher ich wissen will, dass keiner kommt.

Mein Vater zieht sein Gewand aus, als wäre es ihm selbst wieder zu warm. Er hängt es an den Haken und sagt: „Das weiß ich auch."

Ich will erst protestieren, doch dann verstehe ich seine Worte. „Was weißt du auch? Dass der Zaun keinen Sinn hat?"

„Doch, hat er. Aber nicht als Schutz vor Feinden." Er wirft ein Scheit nach. Das Feuer seufzt. Mein Vater zeigt an sich hinab. „Die Gemeinschaft ist wie ein Körper. Wenn ein Teil davon nicht mehr richtig mitmacht, wird der ganze Körper krank. Und wenn einer abfällt, dann kann er sterben. Deswegen ist der Zusammenhalt so wichtig. Er ist alles."

„Und deswegen lässt du den Zaun bauen?"

„Die Menschen müssen das Gefühl haben, dass wir etwas unternehmen."

„Aber sie streiten sich!"

„Ja, weil sie sich nicht einig sind. Weil einige von ihnen auf Callida hören."

„Wir waren auf dem Berg!" Da. Es ist mir aus dem Mund gefallen. Es kracht auf die Dielen wie eine Holzkugel.

Mein Vater sieht mich an, als hätte ich zugegeben, heimlich Ochsen zu schlachten.

„Wir sind raufgeklettert. Lina, Bechir und ich. Es sind keine Feinde zu sehen. Aber das Geräusch ist dort oben lauter. Vielleicht hat Callida recht mit der Luft. Vielleicht brummt sie deshalb da oben heftiger."

Mein Vater tritt gegen den Tisch. „Wie viele Köpfe kann ein Körper haben? Na? Ich bin der Denker. Ich bin das Gehirn."

Ein Teil von mir will lachen. Ein anderer denkt sich:

Das ist logisch, dieses Bild mit dem Körper. Alles hat seine Funktion. Alles muss sich fügen.

„Was passiert, wenn ein Körper in zwei Richtungen gleichzeitig will?", fragt mein Vater. „Es zerreißt ihn!" Er kratzt sich am Ohr. „Ich glaube, ich muss Callida aus diesem Körper entfernen. Für den Zusammenhalt."

Jetzt wird mir kalt. Trotz des Feuers. „Papa?"

„Wenn ein Körper krank ist, muss das, was ihn krank macht, beseitigt werden ..."

Ich glaube nicht, was ich da höre.

„Das Herz!" Diese Bemerkung fällt mir auch einfach so aus dem Mund. Aber jetzt bin ich froh drüber. Mein Vater runzelt die Stirn. „Was, wenn Callida das Herz ist? Nicht das zweite Gehirn, das den Körper zerreißt. Kann irgendein Wesen ohne Herz überleben?"

Ich fasse nicht, dass ich das tun muss. Meinen Vater davon überzeugen, meine Lehrerin in Ruhe zu lassen. Egal, was da kommt – was macht es mit ihm?

Er verschränkt die Hände und stützt sein Kinn auf die Fingerspitzen. „Irgendwas muss ich tun. Wenn es nicht besser wird, muss ich was tun." Er zieht die Fingerspitzen wieder vom Kinn. „Ich muss zu Thorin."

Mein Vater geht. Hector klackert mit den Krallen. Ich schleiche zum Haken und sehe nach, was mein Vater vorhin in sein Gewand gestopft hat. Es ist ein Tuch. Ich rieche daran und schäme mich dafür, wie schnell ich vergessen habe. Doch jetzt steht sie da, meine Mutter. Für einen Moment zurückgeholt durch den Duft eines Stoff-Fetzens. Herzförmiges Gesicht. Stupsnase. Große Augen. Ich darf sie nicht einmal erwähnen, seit sie gegangen ist. Aber er hat etwas von ihr behalten.

Das Brummen wird wieder lauter.

9

Zwei Tage später beginnt die Erde zu zittern. Einfach
so. Von jetzt auf gleich. Ich stehe auf einer Leiter
und hämmere Nägel in den Zaun. Hector läuft unten
zwischen den Männern umher. Thorin legt Hände
auf Rücken. Es gibt keine Ankündigung. Keinen Knall.
Das Zittern beginnt nicht nachdem oder bevor ich
einen Nagel einschlage. Es ist einfach da, mitten im
Hieb. So schnell, so selbstverständlich, als wäre es
sowieso schon zu spät dran.

Schnell kommen die Menschen herbeigelaufen. Aus
allen Richtungen streben sie zu dem Stück Zaun,
das unser Dorf gegen die Horden aus dem Norden
beschützt. Obwohl das Zittern von überallher kommt.
Wie das Brummen, das jetzt endgültig ein Dröhnen
ist. Alles vibriert.

Mein Vater eilt in seinem Gewand herbei. Zwischen
den Häusern stehen Lina und Callida. Die Menschen
rufen durcheinander.

„Was ist jetzt los?"

„Kommen die Feinde?"

„Schlägt die Erde zurück?"

Mein Vater steigt auf einen Holz-Karren. Alle
schauen zu ihm. Alle wollen Antworten. Ich sehe ihm
an, wie er überlegt. Wie er in diesem Moment etwas
erfindet. Der Denker. Ihr Gehirn.

„Es kann kein Zufall sein!", ruft er. Er zeigt über die
Köpfe hinweg. Über das ganze Dorf.

Diese Giebel. Diese kleinen Fenster. Die Gassen und
Felder. Ich will nicht, dass das alles verschwindet.
Dass es geschluckt wird von dem, was da kommt.
Wieso kann nicht einfach alles sein wie immer?

„Wir haben schon lange nicht mehr genug
zusammengehalten! Ihr wisst das!" Einige senken
die Köpfe. Manche schütteln sie. Mein Vater zeigt
über den Zaun Richtung Wald. „Jemand hat denen
jenseits des Waldes verraten, dass wir verwundbar
geworden sind. Dass wir anfangen, uns selbst

aufzugeben! Und kaum haben sie davon gehört, haben sie sich auf den Weg gemacht!"

Callida tritt aus der Gasse heraus. „Aber Jakob, bei allem Respekt. Wer soll es ihnen denn berichtet haben?"

„Augen!", ruft mein Vater. So überzeugt, als wäre es ihm nicht vor ein paar Minuten erst eingefallen. Als hätte ich ihm nicht von dem Berg erzählt. „Fremde Augen, mitten unter uns!" Er sucht die Menge ab und zeigt schließlich auf Bechir. „Er ... und seinesgleichen!"

Callida wirft die Hand nach vorn. „Das kann nicht dein Ernst sein! Die Kinder des Austauschs kommen von viel weiter her als hinter dem Wald."

„Aber auf dem Weg zu uns müssen sie durch all die Dörfer hindurch, denen wir nicht trauen können. Und wer weiß schon, was sie von dort mitbringen? Welchen geheimen Auftrag? Wir müssen alles tun, um den Zusammenhalt zu bewahren!"

Der Körper. Mein Vater will Bechir aus ihm beseitigen. Ich denke an das Tuch in seinem Gewand.

Das Zittern der Erde mischt sich mit meinem eigenen. Ich weiß, dass ich den Mund halten sollte. Aber ich kann nicht anders.

„Du machst das alles nur, weil Mama dich verlassen hat! Weil sie auf die andere Seite des Waldes gegangen ist. Deswegen bist du so! Du zwingst die Leute zum Zusammenhalt, weil du nicht einmal deine Familie zusammenhalten konntest!"

Mein Vater steigt von dem Holz-Karren, geht auf mich zu und schlägt mir mitten ins Gesicht. Es ist keine normale Ohrfeige. Er will mir keine Lektion erteilen. Er will dieses Wesen kaputt machen, das da so laut die Wahrheit sagt.

Seine Hand trifft mich wie ein Brett. Sie wirft meinen Kopf nach hinten. Die Knorpel in meiner Nase knacken. Blut schießt in meinen Rachen. Hector bellt und knurrt.

Lina stürzt herbei und reißt Bechir an der Hand mit sich. „Ihr seid doch alle wahnsinnig!", brüllt sie.

Ich würge. Die Welt ist aus den Angeln.

„Da kommt was? Ja? Das glaubt ihr alle wirklich? Dann sehen wir jetzt nach!"

„Lina!" Thorin schiebt sich durch die Leute, aber sie rennt einfach los. Hört nicht auf ihren Vater mit dem Bart und den Riesenhänden. Sie rennt auf den Wald zu und Bechir mit ihr. Hector und ich sehen uns an. Ein Tropfen meines Blutes tropft auf sein Ohr. Dann hasten wir hinterher.

Wir laufen, als wären die Monster nicht vor, sondern hinter uns. Ich sehe mich kurz um. Alles wippt auf und ab. Der Zaun. Das Dorf. Die Menschen. Ein paar umringen meinen Vater. Thorin schiebt sie beiseite. Er ruft nach uns, doch das Dröhnen und das Beben der Erde legen sich über seine Stimme. Falk und seine Freunde haben ein paar Schritte vor den Zaun gemacht. Sie trauen sich nicht, uns zu folgen.

Wir rennen, bis die ersten Bäume des Waldes uns umfangen. Bis das Blätterdach sich über uns schließt. Wie in unserer Höhle. Wir lassen Unterholz unter den Füßen krachen und springen über morsche Stämme. Vor uns ist alles ungewiss, aber hinter uns ist alles falsch geworden. Und wo alles falsch ist, da muss man weg.

Als uns kein bisschen Atem mehr geblieben ist, halten wir an. Ich könnte nicht mehr sagen, aus welcher Richtung wir gekommen sind.

Tote Äste umklammern lebendige Stämme wie Finger von Skeletten. Moos wächst über alles, was zu Boden gegangen ist. Wie eine grüne Flut. Riesige Pilze wachsen wie Teller aus tiefer Rinde. Es könnte friedlich sein, würde nicht alles immer stärker zittern. Würde es nicht in jedem Stamm knacken wie im Holz, das im Kamin verbrennt.

„Was machen wir bloß hier?" Es sind die ersten Worte, die meinen Mund verlassen, seit mein Vater mir das Gesicht zerschlagen hat.

„Vorsicht!" Lina stößt Bechir zur Seite. Ein großer Ast landet dort, wo er eben noch stand. Die Erde schüttelt sich. Sie brüllt. „Das sind doch niemals Menschen", ruft Lina.

„Ja, aber das soll bloß die Luft sein? Und wieso hier

unten, wo die Bäume stehen? Wo es doch auf dem Berg lauter war?"

Es gibt einen Ruck. Als existierten die Riesen doch und zerrten an der ganzen Welt herum. Hector stemmt sich auf die Hinterpfoten, legt die Ohren an und knurrt. Wir schauen in die Richtung, wo ihn etwas in Panik versetzt.

Der Waldboden beginnt dort, sich langsam zu heben. Das Geräusch, das dabei entsteht, ist schlimmer als das Beben und das Dröhnen. Es klingt, als würden gleichzeitig tausend Knochen brechen. Als zerreiße Papier. Stoff. Uralte Haut. Das Unterholz schiebt sich in die Höhe. Bäume kippen zur Seite weg. Wurzeln brechen aus dem Boden. Es sieht aus, als presse sich ein gigantischer Rücken in die Höhe.

„Der Ribaru!", haucht Bechir.

Hector bellt. Kläfft. Knurrt. Quietscht.

Kann das wahr sein? Keine heranwalzenden Feinde? Kein Unwetter? Kein Ungleichgewicht der Luft? Die verdammte Wahrheit ist der Ribaru? Der lebendige

Waldboden? Das Ungeheuer aus Wurzeln und Erde?
Oder ganz viele Ribarus, die sich jetzt erheben?
Überall?

Wir halten uns aneinander fest.

Wir können nichts mehr tun.

„Lina, ich ...“

Sie greift meinen Hinterkopf und legt ihre Stirn
auf meine. Das erste Mal. Aber sie möchte nicht
hauchen. Sie möchte mich küssen. Und ich sie, bevor
wir sterben. Bevor es uns holt.

„Es ist kein Wesen!“ Bechir zeigt in Richtung des
Unheils.

Wir drehen wieder die Köpfe. Er hat recht. Was
sich dort aus dem Boden stemmt, hat keinen Rücken.
Keine Arme. Keine Beine. Keinen Kopf.
Kein Gesicht.

Es wirkt wie ein riesiger Bogen aus Metall. Ein
Tor, aber so groß, wie wir es noch niemals gesehen
haben. Hoch wie die Bäume und innen hohl wie eine

halbrunde Höhle mit Rückwand. Der Waldboden hängt in Fetzen von den Rändern herab. Es spannt sich so weit über uns auf, dass einem schon vom Hinsehen schwindelig wird. Als es sich komplett aufgerichtet hat, macht es ein Geräusch, wie wenn etwas einrastet.

Und dann – Stille.
Das erste Mal, seit es begonnen hat.

Hector hört auf zu bellen, zu quietschen, zu krampfen. Er fällt einfach zu Boden. Alle Last ist von seinen Schultern genommen. Wüsste ich es nicht besser, würde ich sagen, dass er vor Erleichterung weint.

Der Boden bebt nicht länger. In der Luft hört man wieder das Rauschen der Blätter. Es findet den Weg zurück in die Ohren, die vom Dröhnen verschlossen waren. Ein paar Tage nur. Aber Tage, die wie Jahre waren. In die Stille klingt das erste, schüchterne Zwitschern eines Vogels. Wir stehen auf und legen die Köpfe in den Nacken. Starren das Tor mit runder Rückwand hinauf, von dem die Blätter rieseln. Wie drei Käfer vor einem Baumstumpf.

Ein neues Geräusch kommt auf. Ein Ziehen. Ein Saugen. Wie ein Sturm. Vor dem Tor neigt sich alles in seine Richtung. Farne. Sträucher. Kleine Bäume, die sich nie gegen den Schatten der Großen durchsetzen konnten. Sie alle werden für einen Moment angezogen. In dem Tor bildet sich ein Schimmern. Die Rückwand verschwimmt und verschwindet. Die riesige Fläche besteht nur noch aus glitzerndem Licht. Wie Wasser, auf das die Sonne fällt.

Ich greife nach Linas Hand. Hector rennt los und in das glitzernde Licht hinein.

„Nein!"

Er verschwindet. Ist einfach weg. Wortlos stehen wir da. Bechir lächelt. Er greift in die Tasche seiner Hose. Einen Augenblick lang wiegt er die geschnitzte Kugel in seiner Hand. Er lässt sie ins Unterholz fallen, sieht uns an und geht ins glitzernde Licht.

10

(20 Jahre später – *Lina*)

„Da! Es kommt!" Kira zeigt mit großen Augen
hinaus. Sie ist die Klügste in meiner Klasse.

Die anderen Kinder springen auf. Sie drücken
sich am Glas der Scheiben die Nasen platt. Ich
werde niemals müde, diese Blicke zu sehen. Wie
sie staunen. Wie ihre Münder offen stehen. Voller
Erwartung.

Hinter dem Lenkrad des Busses sehe ich Darius
grinsen, auch wenn er geradeaus auf die Straße
schaut. Er könnte viel mehr sein. Tagsüber ist er
der Fahrer für die Schulklassen und abends ein toller
Koch, Bäcker und Gärtner. Aber er möchte nicht. Das
Kleine, sagt er, ist ihm genug. Und er wirft immer nur
ein paar Scheite ins Feuer. Nie mehr als nötig.

Jeder Ausflug in die Nähe der alten Welt bedeutet

mir viel. Und die Fragen der Kinder beantworte
ich immer so, als würde ich sie zum allerersten Mal
hören.

„Frau Lina? Wie groß ist es?"

Diese Frage kommt immer als Erstes. Dabei werden
wir noch eine ganze Weile fahren. Trotzdem liegt es
bereits so deutlich erkennbar in der Landschaft, als
könnte man die Hände ausstrecken und es berühren.
Wenn wir ankommen, sind wir immer noch weit, weit
weg von ihm. Andernfalls könnte man es niemals in
seiner ganzen Größe erkennen. So wenig, wie der
Käfer einen Berg erkennen kann, wenn er direkt
davor hockt. Um es herum liegen Hunderte von
Ortschaften. Hier leben Menschen, die nur damit
beschäftigt sind, es abzubauen. Es in aller Sorgfalt
Teil für Teil in die neue Welt einfließen zu lassen.

Fabriken, Lagerhallen, Forschungslabore. Sie
erstrecken sich in alle Richtungen und wirken neben
ihm doch nur wie winzige Kiesel. In der Datenbank
stand, der größte Berg der alten Erde sei der Mount
Everest gewesen. Würde man ihn neben unser
Zielobjekt stellen – er wäre kaum größer als eine
Erbse neben einem riesigen Kürbis.

„Stellt euch vor, ihr könntet daran hochlaufen", sage ich. „So, mit Magnet-Stiefeln."

Die Kinder lachen. Eine 5. Klasse lacht immer schnell. Die Älteren tun meistens ganz cool. Als wären sie nicht tief beeindruckt davon. Jüngere bringen wir nicht hierher. Für sie ist der Anblick einfach noch zu erschreckend. Sie können es noch nicht begreifen. Selbst wenn sie es mit eigenen Augen sehen.

„Also, nehmen wir an, ihr kommt da rauf. Und dann lauft ihr von einem Ende zum anderen. Dann braucht ihr wahrscheinlich, ja, ungefähr ein halbes Jahr."

„Wahnsinn." Kira bewegt den Mund, während ihre Stirn noch an der Scheibe klebt. Sie haucht das Glas an, so wie sich in der Heimat die Menschen angehaucht haben.
Zu mir selbst sage ich immer noch Heimat. Dabei bin ich hier nun länger zu Hause, als ich es dort gewesen bin.

„Ich schaffe es in 5 Monaten!", ruft Meraz. Alle lachen. Aber mit ihm, nicht über ihn. Er ist wirklich sportlich. Und redet viel mehr als sein Vater.

Niemand weiß, dass Bechir damals vor mir und Darius durch das Tor gegangen ist. Und wir hängen es auch nicht an die große Glocke, dass wir Nachbarn sind. Meraz schmunzelt mir zu.

Der Bus könnte leiser sein. Die meisten Fahrzeuge in dieser neuen Welt fahren durch Sonnenkraft. Die Baupläne fanden sich ebenso in der Datenbank wie die für historische Schulbusse. Ein paar dieser rumpeligen Ungetüme haben wir nachgebaut. Sie sind Geschichte.

Damals im Dorf wären sie Zukunft gewesen. Unvorstellbar. Damals, als wir mit Callida Gemüse gepflanzt und die Karren mit Ochsen gezogen haben, hätten wir unseren Augen nicht getraut. Ich bin nun 35 Jahre alt, aber ich kriege immer noch Gänsehaut, wenn ich daran denke.

Kira nimmt die Stirn von der Scheibe. Ich sehe, wie es in ihrem kleinen Köpfchen arbeitet. Ihr kastanien-brauner Zopf liegt auf der Schulter wie ein schlafendes Tier. „Wenn ich ein halbes Jahr brauche, um obendrauf zu laufen. Wie lange brauche ich dann drinnen, um drum herum zu laufen?"

„Das geht nicht mehr, Süße. Die Schwerkraft ist ausgeschaltet. Aber wenn es ginge, dann ungefähr … 1 Jahr und 3 Monate?" Ich kann es immer nicht glauben, wenn ich das sage. Viele haben die Wahrheit damals nicht verkraftet. So wie meine Eltern. Sie gingen weit weg in dieser neuen Welt, um mit den einfachen Mitteln weiterzumachen, die ihnen vertraut waren. Nicht mit den neuen, die wir nun haben und selbst nach zwei Jahrzehnten immer noch kennenlernen.

Darius' Vater wäre fast verrückt geworden, als er diesen Boden betrat und aus den anderen Toren die Denker der anderen Dörfer kamen. Einer davon war tatsächlich eine Denkerin. Seine Frau, die ihn Jahre zuvor verlassen hatte.

Ich werde nie Darius' Gesicht vergessen, als er seine Mutter wiedersah. So zornig und so glücklich. So aufgelöst und gleichzeitig das erste Mal so ganz bei sich. Jakob und sie kamen nicht mehr zusammen. Dafür war es zu spät. Aber sie sitzen beide heute im Hohen Rat. So wie Callida und die echten Eltern von Bechir aus dem „fernen Süden", der gar nicht so fern war. Jedenfalls nicht, wenn man mit den Maßstäben der alten Erde misst.

Der Bus hält am Aussichtspunkt Ribaru. Benannt nach der alten Legende. Die Kinder springen aus den zischenden Türen. Die Augen werden noch größer. Die Kiefer hängen noch tiefer. Von hier aus kann man das Baustellen-Loch in der Flanke des Raumschiffes gut sehen. Ein riesiges Loch, wenn man bedenkt, wie viele Dutzend Gebirge man hineinstecken könnte. Ein winziges Loch, wenn man bedenkt, wie lange es noch dauern wird, das gesamte Ding abzubauen.

Durch das Loch sieht man ihn liegen.
Rund und riesig.
Vertrocknet und verlassen.

Er hat seinen Dienst getan. Unser kleiner Planet, von dem wir dachten, dass er die Erde war. Unser Raumschiff im Raumschiff, von dem wir vergessen hatten, dass es eines ist.

Darius steigt aus dem Bus. Er ist stolz auf mich, dass ich jetzt Lehrerin bin. Callida spricht heute im Hohen Rat über den guten Umgang mit der Natur, die wir hier vorgefunden haben. Auf dem neuen Planeten. Jetzt arbeiten Hunderte Menschen aus allen Ecken der alten Welt zusammen daran, das

Wissen unserer Vorfahren zu erlernen und nutzbar zu machen.

„Und ihr habt wirklich nicht gewusst, dass ihr im Weltall unterwegs wart?" Kira spielt an ihrem Zopf.

Meraz sagt: „Jeder Planet ist im Weltall unterwegs."

Die Klasse lacht.

Kira knufft ihn in die Schulter. „Du weißt, was ich meine."

Ich trete an den Rand des Aussichtspunkts. Er liegt etwas erhöht, auf einem Hügel. Die Sonne wärmt den Boden, der mit Steppengras bedeckt ist. Es ist blau. Zwischen den Büscheln huscht eine Echse entlang, vor der wir damals schreiend weggerannt wären. Groß wie ein Hund. Oder mindestens wie eine muskulöse Katze. Für die Kinder, die hier aufgewachsen sind, wirkt das alles normal. So wie die drei Monde.

„Wie war das, als ihr durch das Glitzer-Tor gegangen seid?"

Die Frage kann ich bis heute kaum beantworten. Wissenschaftlich sind wir noch nicht so weit und die Kinder noch zu jung. Außerdem bin ich Lehrerin für Geschichte und Biologie, nicht für Quantenphysik. Also erzähle ich von dem Gefühl. Und den Erinnerungen. Ich zeichne sie in die Luft, wie ein Bild.

Wie schließlich überall in der neuen Landschaft die Ausgänge der Tore standen, durch die wir kamen. Dimensionsfelder, die Menschen ausspucken. Und Tiere.

Wie Ochsen hinaustreten und Katzen hinauswetzen. Wie Vogelschwärme aus dem Glitzern herausflattern.

Wie wir nicht wissen, wie uns geschieht.

Wie wir erst denken, der Wald sei verschwunden. Wie um die anderen herum sich das Dorf auflöst. Die Berge. Im tiefen Süden sogar das Meer.

Wie sich auf dem Boden dieses neuen Planeten Denker entgegen gehen. Teils in den gleichen Gewändern, nur mit anderen Farben.

Wie Menschen aus allen Flecken unserer alten
Heimat dicht beisammenstehen. Wie sie den Blick
heben und den Planeten, auf dem sie gelebt haben, in
einer gigantischen Raumschiff-Hülle schweben sehen.

Denn: Für eine kurze Zeit waren die Wände des
Raumschiffs durchsichtig. Damit wir verstehen. Die,
die schon ausgestiegen waren. Und die, die noch
durch die Tore mussten. Was wir für den Himmel
gehalten hatten und nachts für das dunkle All der
Sterne, das war bloß die Atmosphäre im Inneren
des Raumschiffs. Die Gravitation blieb noch eine
Weile erhalten. Der kleine Planet schwebte in seiner
Hülle. Für die, die noch drinnen waren, also auf ihm
drauf, auf seiner Oberfläche, wirkte es besonders
erschreckend. Die Tore blieben in beide Richtungen
offen. Die Denker, die es zuerst begriffen, mussten
zurück, um die Menschen zu holen. Es ihnen zu
erklären. Was für eine Aufgabe!

Es galt, im Raumschiff all die Computer zu finden,
die es gelenkt hatten. All die elektronischen
Gehirne – es gab weit mehr als eines. Während
der Reise waren sie gut versteckt. Alle sollten
leben wie die frühen Ahnen. Mit der Natur. Aus
der Natur. Unabhängig von allem. Um den neuen

Planeten notfalls auch besiedeln zu können, wenn
nichts Technisches mehr zu retten gewesen wäre.
Die Menschheit, von der wir abstammten, hatte
alle Informationen hinterlassen, die wir benötigten.
Doch selbst sie hatte nicht damit gerechnet, dass
wir alles vergessen würden. Dass neue Rituale und
Regeln entstehen. Dass niemand mehr die Wälder
zum nächsten Dorf passiert. Dass wir fast die Fehler
der alten Menschheit wiederholt hätten, als der
Landevorgang begann und niemand wusste, wieso es
brummt, dröhnt und zittert. Was die Ungewissheit
mit uns gemacht hat.

Ich werde nie vergessen, wie es war, als alle
evakuiert waren und der Planet im Raumschiff sich
langsam absenkte. Eine ganze Welt. Eine Heimat für
Generationen. Als er sanft auf dem Boden aufkam,
brummte es noch ein letztes Mal. Wie das alles
funktioniert hatte, konnte trotz aller Formeln bislang
niemand mehr nachbauen. Manche bringt das dazu,
zu behaupten, es hätte niemals stattgefunden. Aber
das ist immer noch besser, als gar nicht darüber
zu reden. Wir sorgen dafür, dass das Wissen über
unsere Herkunft kein zweites Mal verloren geht.

„Frau Lina?"

„Ja, Kira?"

„Wie groß war die Erde? Also, die ursprüngliche?"

„Viel größer als das dort", lache ich. „Aber auch viel kleiner als unser Zuhause hier." Ich stampfe auf dem Boden auf und denke daran, wie lange es bräuchte, sich auf die andere Seite unseres neuen Planeten zu bohren. Wenn es denn ginge. Es ist unvorstellbar. „Wenn dieser Planet bloß so klein wäre wie die alte Erde", sage ich, „dann hätten wir damals niemals landen können. Das Gewicht hätte die Drehung des Planeten durcheinander gebracht." Dass wir hier leben können, hier atmen, hier gehen, ohne zerdrückt zu werden ... das liegt daran, dass auch alles andere größer ist. Die Sonne. Die Monde. Die Umlaufbahnen. Oder vielleicht daran, dass wir immer noch in einem Raumschiff sind. In einem viel größeren, in dem die Landung des kleineren nur simuliert wurde. Das behaupten auch einige. Aber was denken sich Menschen nicht alles aus, wenn die Wirklichkeit zu unglaublich erscheint?

Kira tuschelt mit einer Mitschülerin. Sie kichern. Diese süßen, kleinen Wesen vor dem Koloss im fernen Hintergrund.

„Was?", frage ich und muss selbst lachen.

„Nichts."

„Sagt schon. Es gibt keine dummen Fragen."

Kira wird rot. Sie sieht Darius und mich an. „Macht mal UHU vor!"

Kinder ... so sind sie. Da stehen sie vor einem Raumschiff samt einem ganzen kleinen Planeten darin, aber denken wieder an die Bräuche, von denen wir erzählt haben.

„Kommt schon", sagt Kira. „Ihr seid doch ein Paar! Da kann man auch UHU machen, wenn man es nicht mehr muss."

Ich drehe mich zu Darius. Wir umarmen uns, klopfen uns auf den Rücken und legen die Stirn aneinander. Als er extra stark aushaucht und ich husten muss, rollen sich die Kinder vor Lachen auf dem Steppenboden.

11

Der Kiesel am Fenster weckt mich, obwohl er gar nicht da ist. Ich habe ihn geträumt.

Neben mir liegt Lina und schnarcht. Sie hat das süßeste Schnarchen der Welt. Wie ein Singen.

Der Ausflug mit den Kindern heute Morgen wirkt noch in mir nach. Ich fahre den Bus sehr gerne, aber der Blick auf das Raumschiff gruselt mich jedes Mal. Gerade deshalb muss ich aber immer wieder hin. Damit ich es endlich glauben kann. Damit unser Leben hier sich nicht wie ein Traum anfühlt, aus dem ich auch eines Tages aufwachen könnte.

Gunnar quietscht. Unser junger Hund. Wir haben ihn nach dem Mann mit dem bösen Mundgeruch und dem guten Herzen benannt. Er ist mittlerweile tot. So wie Hector. Unser alter Terrier hat das neue Zuhause noch lange genossen. Nur manchmal, da kroch er nachts zu uns ins Bett. Als ob er Angst hätte, es würde wieder losgehen mit dem Geräusch.

Gunnars Krallen kratzen auf dem Holz, als er aufspringt. Ich schlüpfe aus dem Bett und schaue aus dem Fenster.

Unten im Garten glüht der große Busch. Sicher sitzen Luna und Meraz darin und denken, wir merken es nicht. Dabei haben Lina und ich sie auf die Idee gebracht, als sie noch kleiner waren. Als wir von uns erzählten und von unserer Höhle mit dem Igel darin. Sie können so lange unter dem Blätterdach sitzen, wie sie mögen. Hier gibt es keine Regeln für die richtige Zeit. Außerdem sind die Tage und Nächte länger. Und was mich als Vater am meisten beruhigt: Meine Tochter und der Sohn von Bechir hocken da unten mit elektrischem Licht, nicht mit einer Öl-Lampe. Obwohl die zwischen den Zweigen und Blättern in einer schöneren Farbe geleuchtet hat.

„Komm wieder ins Bett." Lina spricht im Schlaf. Das kann sie. Sie ist nicht ernsthaft wach, wenn sie so was sagt. Sie merkt nur, dass ich nicht da bin.

Gunnar fiept.

Ich flüstere: „Ich gehe kurz mit ihm raus."

Lina hebt die Hand und winkt. Sie liegt auf dem Bauch. Das Gesicht tief im Kissen.

Draußen stehen die Monde am Himmel. Auf einem kann man deutlich die Berge erkennen.

Ich gehe vorne raus, nicht in den Garten. Ich möchte die Kinder nicht stören. Sie sollen ganz in Ruhe über die Welt philosophieren. So wie wir früher. Oder naschen. Sich Geschichten erzählen. Gunnar rennt die Straße hinab. Sie ist noch nicht gepflastert. Seine Pfoten tapsen auf dem Kies. Die Nachtluft umhüllt uns wie eine sanfte Decke. Gunnar saugt sie glücklich in seine Hundenase ein. Dann sieht er mich besorgt an. Ich schiebe seine Ohren zwischen meine Finger.

„Alles gut", sage ich. „Ich dachte nur gerade, ich hätte etwas gehört."

Dieses Buch wurde von Jugendlichen für Jugendliche getestet.

Dieses Buch ist erhältlich als:
ISBN 978-3-407-82003-7 Print

© 2021 Gulliver
Verlagsgruppe Beltz
Werderstraße 10, 69469 Weinheim
service@beltz.de
Alle Rechte vorbehalten
Die Verlagsgruppe Beltz behält sich die Nutzung ihrer Inhalte für
Text und Data Mining im Sinne von § 44b UrhG ausdrücklich vor.
Dieses Werk wurde vermittelt durch die Literarische Agentur
Thomas Schlück GmbH, 30161 Hannover.
Lektorat: Carolin Eichenlaub
Neue Rechtschreibung
Einbandgestaltung: Cornelia Niere
Herstellung: Jasmin Kerstner
Druck und Bindung: Beltz Grafische Betriebe, Bad Langensalza
Beltz Grafische Betriebe ist ein Unternehmen mit finanziellem
Klimabeitrag (ID 15985-2104-1001).
Printed in Germany
2 3 4 5 6   29 28 27 26 25

Der Inhalt dieses Buchs wurde auf 100% Recyclingpapier gedruckt.

Weitere Informationen zu unseren Autor:innen und Titeln
finden Sie unter: www.beltz.de

Wenn aus Spiel bitterer Ernst wird

Bali Rai

Außer Kontrolle

Gebunden, 80 Seiten
Gulliver (82389)

Eine Pistole! Jonas findet sie nach einer Schießerei
in seinem Viertel und nimmt sie mit. Er kann es kaum
erwarten, sie seinen besten Freunden Binny und Kamal
zu zeigen.

Endlich können sie sich auf der Straße behaupten. Und
sich gegen die Gang wehren, mit der sie immer Ärger
haben. Ist ja bloß zur Abschreckung. Doch Kamal will die
Waffe auf einmal für sich alleine haben und verhält sich
immer seltsamer.

Jonas merkt, dass es nur eine Frage der Zeit ist, bis
jemand verletzt wird ...

 www.superlesbar.de
www.beltz.de
Beltz & Gelberg, Postfach 10 01 54, 69441 Weinheim